한그루숨

2023년 12월 11일 초판 인쇄
2023년 12월 22일 초판 발행

저자 / 정현수
자문 / 이산
발행자 / 박흥주
발행처 / 도서출판 푸른솔
편집부 / 715-2493
영업부 / 704-2571
팩스 / 3273-4649
주소 / 서울시 마포구 삼개로 20 근신빌딩 별관 302호
등록번호 / 제 1-825

값 / 15,000원

ISBN 979-11-979876-5-6 (03810)

한그릇

정현수 작가의
글·글씨·그림·사진 이야기

푸른솔

이 책에 담긴 글은
작가의 고유한 시어로 표현되어
다소 문법과 다를 수 있습니다.

드리는 글

두 해 전 겨울이 떠오릅니다.

첫 글 모음집의 감동과
연이 되어 닿은
고운 인연들을 기억합니다.

고유한 글이 되고
아름다운 길이 되기를 소원하였던 바람처럼
낮추어진 담 너머로
또 하나의 살아 숨 쉬는
귀한 세상을 만났습니다.

사람 . . 이구나
사람 . . 이지 . .
우린 그냥
사람 . . 인거야 . .

그렇게
사람 . . 을 알아가고
사람 . . 이 알아지는
참으로 뭉클한 글길입니다.

늘 다음을 기약할 수 없는
이 모름지기 글길은
내내
하루만 걸으라고 말을 건넵니다.

그래서
늘
하루만 걷습니다.

문득 건네주면
애써 담고
두고두고 가물면
비를 기다리듯
글을 기다립니다.

단호히
내 것이라 할 수 없는
사유와 바라봄이
귀하게 글을 건넬 때

나는 그저 옷을 짓듯
솜씨만큼만 지어
조심히
내어 놓습니다.

두 해
삶과 함께
고스란히 길어 올려진 이 글들이
어느 한켠에
곱게 닿으면

제 몫을 다하고
그리 오래 머물진 말고
자연히
바람처럼
스러지기를 바라며

오늘도
기약 없는
이 가난한 글길을
미련스레
또 걷습니다.

2023 겨울
글연지 정현수 올림

차 례

 5 드리는 글

13 한그루숨

14 이름 1

17 느루

18 다만 사랑이어라

20 기대어

24 사랑은

28 그냥

31 들에 핀 꽃처럼

33 오르막 사랑

36 가을 끝 무렵

40 겨우내

44 봄 여름 가을 겨울

45 작은 이들의 사랑

48 자연스러이 1

53 길 1

58 동행

60 보고 싶은

63 결 고운 인연

66 단조의 시간

68   울고 싶은 밤

71   길 2

72   사유

75   꽃

76   봄이랍니다

78   인연

82   둥지

84   오늘

86   숲 1

88   끝

90   그리우다

94   자연스러이 2

96   수평선의 아리아

98   담 너머

100   止觀 지관

103   어루다

106   켜켜이

109   뿌리

111   디딤돌

113   보옴

115 물방울 꽃

117 내 걸음으로 갑니다

118 낡음

121 바람길

123 연못

126 그리울래요

129 늦봄

131 숨

132 그런사람

134 위로

136 숲 2

138 기다려 보옴

142 너도 꽃

146 비 아래

149 緣연 1

150 바람

151 자욱없이

153 이름 2

155 등으로 견디는 하루

158 품어 안을 숨

161 무릇

164 길을 가다

166 제자리

168 기어이

169 잊고 둘 일이었다

171 오늘도 맑은 날

174 연緣 2

177 서로歌

179 며

182 나는 꿈꾸지 않습니다

184 가리개

187 한 켠

189 겨우 한 조각

192 마음의 동굴

196 그리움이 나를 부르면

198 있음

200 매듭글

한 그릇 숨
깊은 산속용달샘
마음끝이담겨
오늘도한그릇물이
길어나르니—

한 그 루 숨

깊은 산속 옹달샘

마음 깊이 담구어

오늘도

한 그 루 숨

고이 길어 나른다

이 름 1

이느 날
나에게 온 이름

시절인연 속
나와 너는

무엇으로 와서
무엇으로 가려나

이름 지어 불리우면서도
이름 안에 갇히지 않기를

고작 이름이어도
귀한 이름이어도

그저 불리우다
무심히 두고 갈

이름 . .

꿈

느 루

한꺼번에 몰아치지 않고
길게 늘여서 ..

느루·라는 이름도
느루·의 뜻도

바삐 가는 마음과
걸음의 옷자락을
슬며시 당긴다

속도 있는 세상이
이야기하는 소리에
불안해 말고

속도에 떠밀려
나·를 잃어버리지 않기를

다시
깊은 숨 ..

다만 사랑이어라

소소한 손짓하나
어리숙한 걸음 하나

가난한 마음 하나
무모한 꿈 하나

이런
하나 · 가

반딧불처럼
짙은 어둠에
빛의 수를 놓는다

나의 하나 · 는
너의 하나 · 는

다만
사랑이어라

기대어

홀로 가는 길이라 어기다가
문득 눈에 들어온
글자 하나

人

기대어 세워진 글자 하나에
마음이 머문다

참 많은 것에
기대어 가고 있구나 . .

나에게 기대어
스승에 기대어

가족에 기대어
벗에 기대어

세월에 기대어
사랑에 기대어

계절에 기대어
소원에 기대어

하루에 기대어
시간에 기대어

자연에 기대어
바람에 기대어

알고도
모르고도

기대어 살아진
나의 인생

기대어 살아갈
나의 인생

나직이 읊어 올린 간절한 소원들 . .

사랑은

세월 그득히 새겨진 손등
그 손등 위에 살포시 얹은
고사리 손에 사랑이 있고

고사리 손을 가만히 품고
그윽히 바라보는 눈빛 안에
사랑이 있고

어제는 마음밖에
세워두었던 들꽃들에게
슬며시 문 열어 들이는
다시·안에
사랑이 있고

걸음걸음에
이유 묻지 않고
그저
걸어갈 하얀 길만을
가리키는
손끝에
사랑이 있네

찾는 시간이 언제든
찾는 이유가 무엇이든
걸음대로
소리대로

다만
있음 · 으로 존재하는

흙길
새
나무
풀꽃
벤치
이웃

그리고 음악

한 덩이 글귀

그 사랑이
오늘도
걸음하게 하네
맞이하게 하네

어룸자리 그윽한 하루입니다

그 냥

그냥 . .

아무것도
담지 않은 말

그득하게
눌러 담은 말

가장
아름다운 말

진정
알음다운 말

그냥 . .

그냥 . . 걷고
그냥 . . 만나고

그냥 . . 웃고
그냥 . . 이야기하고

그냥 . . 스치고
그냥 . . 보내고

그냥 . . 담고
그냥 . . 배우고

그냥 . . 가고
그냥 . . 다시 돌아오고

그렇게

그냥 . .

숨 쉬고 . .

들에핀꽃처럼

들에 핀 꽃처럼

어쩌다
터덜터덜 엎어진 글씨 하나

덧대지 않은 자연스러움에
눈길이 머문다

포스러이 들어앉아 있는
수많은 꽃들보다

아스라이 흔들거리며
천방지축 흐드러이 피어 있는 들꽃들에

더
마음이 간다

자연 안에 고스란히 안겨
자연의 뜻대로 피고 지는 들꽃

이 새벽 눈에 담긴 글씨 하나가
잊고 있던 품새 하나를 살포시 건넨다

오늘시간

오르막 사랑

감추어 들이는 마음
오르막 사랑

내밀어 건네는 마음도
가벼이 담기 어렵지만

감추어 들이는 마음은
더없이 가파른 오르막 같아

나에게 담기는 사랑에
마음 베이는 일 없기를 . .

내가 건네는 사랑에
마음 베이는 일 없기를 . .

오늘 그리는 사랑에
부디 지혜의 바람이 불어오기를 . .

홀연히
자리 내어놓고 가는 가을 . .

가을 끝 무렵

담고 있는 품성이
계절마다 참 다르구나

넉넉‥하고
풍요롭다가
잎새 몇 가닥
달아두고

그저
홀연히
자리 내어놓고 가는
가을‥

문득
떠올라
남겨진 마음에
화두를
던지고 가는

너
가을아‥

그 품새에
듬뿍 안겨
오늘
이 하루를
어루어야겠다

더 깊이
더 지극히
움틀 시간을 위하여 . .

겨 우 내

소복소복
어수선한
발자욱이
그득하다

한번은
다 떨어내고
다시 싹을 틔울
봄을 만나자

한번은 다 닦아내고
아담스레
비워진
마음자리 되어보자

지나간 것
아쉬운 것
탐내는 것
탓하는 것

저들처럼
모두
떨구어내자

더 깊이
더 지극히
움틀 시간을 위하여
잠시만 춥자

단단해지거라
고요해지거라
자주 맑아지거라

코끝이 추운 날이다

저마다의 꽃자리에 말을 걸어올 때 . .

봄 여름 가을 겨울

봄

여름

가을

겨울이라

이름 불리우는 계절들이

저마다의 꽃자리에

말을 걸어올 때

부디

그 마음에

계절의 바람이 불어들기를

작은 이들의 사랑

작다 . .

자연 속 한 줌 숨 · 뿐인 나

귀하기도
소소하기도한

한 줌 숨 · 뿐인 우리

그 작음을 안고
감내하며 살아내는 소리들

살아내느라 애쓰는
귀한 작은 이들에게

새벽

나의 소소한 마음 한 줌
고이 내밀며

너 어디에도

매임 없이

갇힘 없이

자 연 스 러 이 1

들에 핀 꽃처럼
너 어디에도
매임 없이
갇힘 없이

더 자연스러이
더 자유로이

내 앞의 하루
내 앞의 사람
내 앞의 일
내 앞의 마음
내 앞의 세상

.
.

내 앞에 있는
오늘과 함께
자연스러운 하루였으면

그러한 하루라면
더없이 좋을듯합니다

인연도 마음도 흐르듯 그렇게 . .

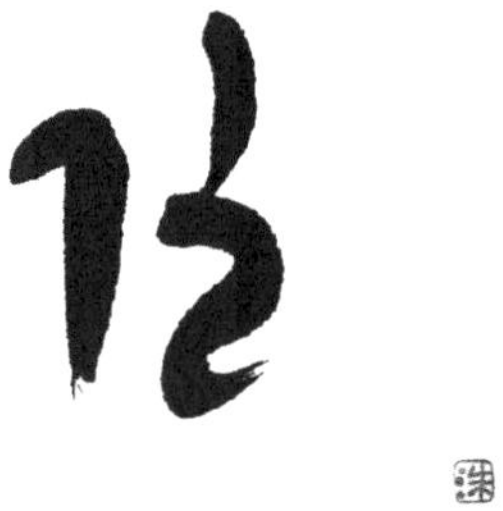

길 1

어느 길 즈음에
서 있는 걸까
어디를 방향 하여
걷고 있는 걸까

저마다의 길에서
선 없는 시간을
나누고 나누어
걸음하는 이들의 모습들

삶·자체를 위해
그저 사는 거라는
어느 철학자의 이야기가
마음속에 맴돈다

누구를 위한 삶인듯하지만
그 누구를 위한 것도 아닌
그저
나·를 위한 걸음인 것을

흉내 내어 살기에는
판단하며 살기에는
生이
너무 짧고 귀하다

미련스런
소음 속에
나를
던져두지 않기를

누군가의
시선 속에
나의 걸음을
묶어두지 않기를

오늘 다시
길 위에
서
있다

잠시
멈추어
걸음을
조율하며

짐작할 수 없는
이 하루에
다시
나를 온전히 맡긴다

비가 옵니다

젖은 산내음 그득히 품고 갑니다

동 행

누군가와
늘
함께 가고 있는 길

알고도
모르고도
함께 걷는 길

불편한 동행
흠뻑 취한 동행
밋밋한 동행
생각보다 괜찮은 동행

동행
하나에도
이름이
이렇게 많구나

나는
누군가에게
어떤 동행의 이름으로
남아있을까

꽤 긴 하루를 보내고
집으로
돌아가는
길

보고싶은

그저
왔다가
그저
가는

자연스러운
마음

보
고
싶
은

문득문득
그리움 그득 안고
찾아오는
너를

들숨에
맞아들이고
날숨에
보내어줄게

언제든 오렴

보고 싶은
마음아

결 고운 인연

결 고운 마음 하나 닿고 닿아

고운 인연 자연스레 삶을 풀어 놓으니

도란도란 새어 나온 아담스런 온기가

여미고 여미우던 마음에 꽃을 피우네

두 눈 마주한 길을 걸으며

꼬옥 꼬옥 모르는 새 새겨진 발자욱들이

맑은 길 하나 소담스레 틔워놓으면

칼바람 눈길 속 벗의 시린 마음이

어루어지고 어루어지다

깊이 안겨 잠드네

無인듯 有인듯 그저 숨·뿐

단조의 시간

헤 질 녘부터 해 진 후 깊은 새벽까지
나에겐
단조·라 이름 불리우는 시간이 있다

모든 시간 속 소음들이
점점
고요히 내려앉는 시간

사람도 사랑도
먼지도 기억도
모두 가만히 내려앉는 시간

묵직히 내려앉은 그 자리에
나도
지긋이 내려앉는다

더는 내려갈 곳 없는 그곳엔
떠나지 않은 바람아래 움직이는
이름들이 있다

시간을 잊을 즈음
그 많은 이름들은 온데간데없고
無인듯 有인듯 그저 숨·뿐

오늘도 해는 지고 밤은 깊다
여전히 단조의 시간 언저리에 나는
無인지 有인지 모를 숨을 쉰다

울고 싶은 밤

주인이 되어 살라고 말해주는

담대함이 그리운 밤

네가 네 인생의 주인이라고

담백하게 말해주는 목소리가 그리운 밤

그저 함께 흔들리며 걸어가는

너와 같은 사람이라는 겸손한 고백이 그리운 밤

주인이 된다는 건

참 무섭고 외로운 길임을 덤덤히 깨닫는 밤

길 2

긴 산행이었다

가파르게 오르던 길
그 길이 남긴
결 고운 풍경들

누군가의 글에
글씨 옷을 지어드리며
돌아보는 하루

굳이
명명하지 않아도
그것으로 이미 충분한

삶은
내걸음으로 그저 걸어도 되는
그냥 삶·이어도 되는

단순한 이름이였으면 싶다

사 유

넓은 비디를 만나고

깊은 산을 만나면

내 살던 오르막 숲이

얼마나 포스라웁고 작은지를 알게 돼‥

어김없이

붓과 화선지는 거울이 되어 나를 비추고‥

낮은 담벼락 건너에 펼쳐진 풍경은

보드라운 봄을 건네고‥

꽃

몇 해나

피고 졌으려나

붉은 빛을 품고

시린 겨울을

고스란히 맞이했을

너는

꽃

봄이란다

아이야··

봄 이 랍 니 다

참꽃의 봉오리

잔잔히 매달린 개나리

가지 위 단아하게 앉은 매화

보드라운 미풍

맑은 새소리

발아래 닿는 폭신한 흙길

소란스럽지 않은 자연의 예식 앞에서

겹겹이 들러붙은 묵은 옷들을

너스러이 벗어놓으며

간소하게 길을 나섭니다

봄이랍니다

인연

오늘 내가 남긴 발자욱이
오늘 내게 남겨진 발자욱이

어제와 오늘 사이의
나를 빚어간다

귀할 것도 천할 것도 없는
좋은 것도 나쁜 것도 아닌

인연이 빚어주고 가는
그저 그것

그냥 그 사람인 것뿐이라는
어느 현인의 이야기가

얕은 숨에
맑은 바람 한 줌 건네주고 사라진다

무지의 구름 속을 거닐다 만난
참말 하나가

다시 하얀 길 하나를 가리키고
사라진다

여기
젖은 날개 널어둘
둥지 있음을 기억하고..

둥 지

어미품 작은 새
둥지 떠나
설익은 날개짓으로
하늘을 누비고 누비다

어른거리는 그리움에
더듬더듬 둥지 찾아
이내
허기진 마음을 묻는다

내음 그득한
그곳에서
다시
가슴 가득 생기 차오르면

어제보다
맑아진 날개짓으로
가벼이 가벼이
하늘을 날아오르렴

비 오고
어슴푸레
하늘 길 흐려지는
어느 날엔

여기
젖은 날개 널어둘
둥지 있음을 기억하고
자유로이 자유로이
너의 하늘을 누비렴

오 늘

나 오늘
세상에 하나인 글을 담고

나 오늘
세상에 하나인 길을 낸다

나 오늘
세상에 하나인 숨을 들이키고

나 오늘
세상에 하나인 숨을 내쉰다

나 오늘
세상에 한 번인 너를 만나고

나 오늘
세상에 한 번인 사랑을 그린다

나 오늘
세상에 한 번인 하늘을 바라보고

나 오늘
세상에 한 번인 물음을 던진다

나 오늘
그렇게 한 번인 세상에 안기고

나 오늘
그렇게 한 번인 세상을 딛는다

숲 1

숲을 찾는다

흐리면 흐린 대로
맑으면 맑은 대로
찾는 이의 속사정을
온전히 품는 숲은

늘
별말이 없다

초록의 흔들거림은
언제나
부산한 속뜰에
조용한 비질을 하고

그렇게 다시
마음 뜰에 맑음이 고이면
.
.

숲이 고요하다

끝

인젠가 있을 끝

유한함의 아름다움이라 했을까
끝을 보며 걷는
길 위의 걸음걸음이
단정하고 조용했으면 싶다

새벽하늘
아주 작은 별 하나로
남겨져도 좋을 행복이
담백하게 기다리고 있었으면 싶다

그러한 여정을 그리며
오늘·이라는 이 하루에
꼬옥 꼬옥 눌러 담은
담담한 걸음이고 싶다

그 리 우 다

비 오는 어느 날
고요한 잔디밭 앞에 멈추어
하염없이 마음 젖어본
그리운 날 하나 있습니다

지긋이 바라보다
끝없는 그 어떤 지평선 하나가
짙은 그리움 하나를 건네던 그날을
가슴은 기억합니다

채워도 채워도
가득 채워지지 않는
남루한 그릇 하나를
바라봅니다

오늘
흐르는 맑은 물길에
좀처럼 가시지 않는 그리움 하나
올려둡니다

흐르고 흐르다
그 어딘가에 닿아
비로소 쉼을 얻기를
바라고 또 바라봅니다

안고 있는

품고 있는 그대로

자 연 스 러 이 2

산은 산
물은 물
나는 나
그리고 너는 너‥

저마다의
몫으로의
길 위의
우리

산은 산으로
물은 또 물로
나는 나로
너는 너로‥

특별할 것도
부족한 것도 아닌
그냥 그 모습 그대로
자연스러이

우리 그렇게
우리 이렇게
안고 있는
품고 있는 그대로

말없이 그저 걷자

몫으로의 길을
너는 너·다움으로
나는 나·다움으로
그리 마주하며 또 걷자

자연스러이

수평선의 아리아

수평선 아래
고요한 망망대해 위
작은 조각배

깊은 밤
선율 하나가 부르는 곳의 풍경이
쓸쓸하고도 고즈넉하다

하루 동안
꽤나 출렁거렸던 속이
잠잠해지고

작은 초 조용한 빛 하나가
지긋이
흩어진 마음들을 모아들이면

밤은 더 깊어간다

담 너머

담 너미 세상

문광 스님이
읊어주시는
김수영의 산문 한 자락

와선^{臥禪}

그냥 적어진 글은 없는 것‥

얼마나 숱한 앓음 거림이었을까

언어로 읊어 얹을 때의 그는
어디 즈음을 걷고 있었을까

고독한 성찰이 이끌어간 그의 세계가
궁금해지는 지금

나는 또
어디 즈음에 놓여있는 걸까

止 觀 지관

止 觀 · 멈추어 바라보다

작은 글 한 덩이가
소음 그득한 마음 앞에 놓인다

멈추어
바라보라고‥

그제서야

살피지 못한
마음들이 보이고

가려두었던
상처들이 보이고

가난한 마음자리의
서러움들이 보인다

내가 놓인 세상
내게 지어진 인연들

그
때때마다의 이야기들을

다시
지긋이 바라보라고‥

어른다

어루다

깊이 해가 지고
은은히 날이 밝거든
부디
그으르고 할퀴어진
마음자리 어루어지기를

두 손
두 눈
두 발이
누더기가 된 꽃자리를
귀히 찾아 조용히 자리하기를

그리하여
오늘 이 하루
그리고 다시 하루마다
하늘걸음
꼬옥 꼬옥 맑게 새겨지기를

닮은 아린

닿으면 사라지는 눈

쌓이면 새겨지는 길

켜 켜 이

겨켜이
차곡차곡
곱디곱게
쌓일 이야기

하아얀 발로 사뿐히
꼬옥 꼬옥 남겨질
아름다운
발자욱

걷고 걷고 걸으며
새겨졌다 사라지는
밀물의
거룩한 이야기

이 아침
맑은 이야기 한 줌이
건네어 주고 간
아리고도 깊은 숨

비로소
맨 살로 맞이하고야 마는
아름다운
지구별 이야기

뿌리

뿌 리

살아서는
살아 있는 줄
몰랐던‥

사라지고 나서야
비로소 살아다가와
문득문득 박히는
뿌리 깊은 존재여

그리 미련 없이 떠나고
그리 외로운 혼으로
잠시 머무르다
어디로 가는 줄도 모르게 사라지는

남루하여 거룩한
나의
아픈 뿌리여‥

디딤돌

디 딤 돌

어스름 새벽녘에
또 다시

한 발 가까이
조심히
놓이는 디딤돌

다시 떼는
한 걸음

그저
곱게 딛는
오른 걸음

글연지 언어마을
오른 걸음 : 오른쪽 발로 딛는 걸음 / 오르는 길의 첫 걸음

보 옴

볕드는 자리

나도 앉고

볕도 앉고

보 옴 · ·

아픔

어루는 고운 자태

잔잔히 고르어지는

숨 · ·

글연지 언어마을
보 옴 : 봄을 천천히 읊는 소리 / 은은히 바라보다

물방울꽃

비
  꽃
를
    을
만
    피
나
    우
다
    다

내 걸음으로 갑니다

물살이 거셉니다
흐름을 놓칩니다

허우적 떠밀려
어딘가에 놓입니다

걸음을
두 다리의 단곧음을 잃었습니다

잔잔해진 틈에
허리 곧추어 비슬비슬 일어섭니다

매무새 단정히
코끝 미세숨을 찾습니다

오늘도
걸음 내어봅니다

글연지 언어마을
단곧음 : 단단함과 곧음이 함께 담긴 모습

낡 음

내가 오늘

헤어져야 할

낡 음

생기 잃어버린

생각·인연·마음·자리·기억··

다 시

싹을 틔웁니다

바람결

바 람 길

마 음 에
열 이 있 어

바 람 을
불 러 야 겠 어

길 을
내 주 어 야 겠 어

.
.

수
움
길
을

글연지 언어마을
수 움 길 : 숨길을 여백 있이 천천히 늘여서 읊는 말

許

연 못

내 우물에서
길어 올려야 하는

맑은
사유

겨우 한 두어 두레박 즈음
길어 올릴 수 있을까

곱게 길어 올려
어디메에 실어 나를까

나도 하안 모금
너도 하안 모금

말갛게 적셔진 걸음
어디로 걸어 나설까

글연지 언어마을
하안 모금 : '한 모금'을 천천히 늘여 읊는 말

그래서
오늘은 그득히 그리울래요

그 리 울 래 요

산책로
잔꽃을 보며
오늘은 그리울래요

흐드러이 피어있는
민두울레를 보며
오늘은 그리울래요

말갛게 개인 하늘
흰 구름 두어 조각 바라보며
오늘은 그리울래요

비 오는 늦새벽
도독도독 흙 빗길 걸으며
오늘은 그리울래요

그
래
서

오늘은
그득히
그리울래요

글연지 언어마을
민두울레 : 주변과 어우러져 피어 있는 민들레

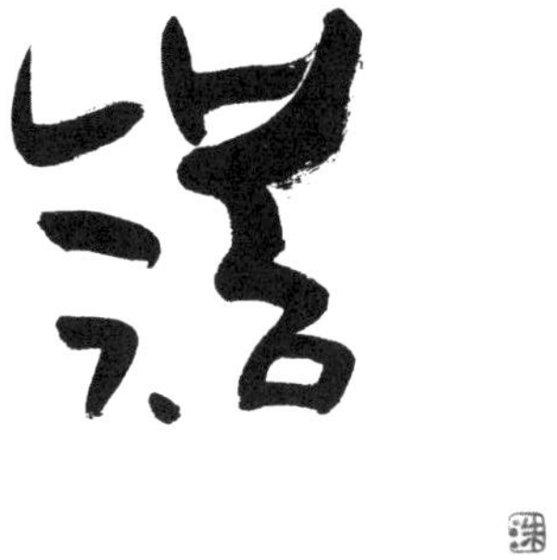

늦 봄

마흔 하고도

여덟··

어쩌면

느즈막 보옴 즈음에

고즈넉히 찾아 온

마주함의 이야기

비로소

부단한 마음 걸음

잔잔히 뿌리 두는

소소한 하루 이야기

숨

한 · 숨 이

깊 습 니 다

두 · 숨 째는

아 립 니 다

세 · 숨 즈음 되면

비 로 소

마 주 합 니 다

그런 사람

마음의 흐름을 따라 걷는 사람

참 아름다운 사람

그 걸음에 망설임이 없는 사람

참 알음다운 사람

그 발자욱을 남기지 않는 사람

참 어이없는 사람

그런 사람

이고 싶은 사람

위 로

어느 곱디고운
꽃자리의
소리 낼 수 없는
진저리 그득한 아픔에
가던 길을 멈추고
볕 아래서 편지를 씁니다

아픕니다
아립니다
고스란히
조용히 품습니다

오늘은
숨죽여 서러운
저 고운 꽃의
하늘이고 싶습니다

숲 2

숲은
저에게
쉼·이고
숨·입니다

소담스런 흙길도 만나고
사시사철 맑은 물오르는
작은 연못도 만나고
도독도독 빗소리 그득 품은
젖은 바위도 만납니다

한들한들
보드런 바람도 만나고
새소리 그득히
말간 사유도 만납니다

누덕누덕
마른 솔잎 길을
꼬옥꼬옥 거니노면
얽히고 얽힌 生소리들이
잠잠해집니다

눈뜨면
여전히
숲을
거닙니다

숲은
저에게
쉼·이고
숨·입니다

기 다 려 보 옴

비가 오는 날이면
맘은 벌써
밖을 나설 채비를 해

비 내음 그득 품은
공기 한 움큼 들이키면
온 세상이 내 것 같아

뜰 앞 거닐듯
사뿐히 비를 딛으면
갈 길 멈춘 마음이 꿈틀거려

물기 머금은 물음은
다소곳이 생기 찾아
곱게 싱그러워져

비가 오는 날이면
맨발로
온 세상을 맞이해

흠뻑 내 것인 양
곁을 거닐고
또 거닐어

비를 두고 돌아오는 길목은
아무래도
늘 아쉬워

생기 잊혀질 어느 무렵
나는 또 비슬비슬
비를 기다려

어딜 보아도 차암 . . 꽃이구나

너도 꽃

보일 듯
말듯
너도
꽃이구나

작디작은 몸
소리 없이 피워낸
너도
온통 꽃이구나

지천地天이 소란스레
분주할 때
깨알 고움
수줍게 방긋대는

너는
어딜 보아도
차··암
꽃이구나

비아라시

못다한이빠리새라아
어느날연습단에이
푸르게있기를

아무래도 애가 쓰여 자꾸 돌아봅니다

비 아래

토도독 토도독
보드라워진 흙 위

눈길 가는 나무 곁에
오늘 만난 푸름 몇 가닥
두고 갑니다

들풀들과 벗하여
무던히 뿌리내리어

어느 날엔
흐드러이
푸르러있기를

도독도독
비 아래

작은 소원
고이 스며들라
읊조립니다

금새
떠나지 못하는 자리‥

아무래도
애가 쓰여
자꾸 돌아봅니다

緣
記

緣 연 1

연緣 이 되어

미풍微風 어룸

그윽할 때

여린 꽃자리

맑게

여물어지기를

글연지 언어마을
미풍어룸 : 부드러운 바람의 고운 어루만짐

바 람

바람이

옮겨다 놓은 곳

닿은 만큼

담긴 만큼

나·를 나누고

너·를 들으며

끄덕 끄덕

한 뼘 즈음

물길 내어준

고운 시간

자 욱 없 이

어루고 간 자리

옅은 여운

남기더라도

그리

오래 머물진 말고

자욱 없이

가거라

바람아‥

이름 2

낮추고 낮추어

지긋이 마주하는 이름

뭉근한 조명 아래

나지막이 읊어보는 이름

여린 숨 고요히

아리고 아린 이름

하늘 고운 어느 날을 기다리다

곪고 곪은 이름 속 이름··

등을 펴는 하루

등으로 견디는 하루

마음이란 늪··

어느 날엔
더없이 깊고 깊어
시리도록 맑은 샘물 내어주다가도

어느 날엔
꽁꽁 차디찬 냉골
잠시도 곁을 내어주지 않는다

한결같으라
무르익으라
저도 그럴 것이

잔소리 물리고 싶은 날도 있겠다 싶어
모르는 척
등으로 하루를 견디어 보낸다

푸드나눔

하늘처럼

나무처럼

바람처럼

품어 안을 숨

하늘은 하늘의 숨을
나무는 나무의 숨을
바람은 바람의 숨을
땅은 땅의 숨을

저마다의
몫으로의 숨을
조용히도
남김없이 쉰다

그저
거저
넘어 쉬는
파아란 숨

삼켜 걸음하는
하루 고개 너머에
고개 숙여 품어 안을
숨이 기다린다면

나도
하늘처럼
나무처럼
바람처럼

몫으로의 숨을
그저
거저
흘림 없이 쉬어보련다

무릇

무릇 · 대체로 헤아려 생각하건대

무릇
헤아려 생각한다 함이라··

지혜도 아량도
바닥 마른 가뭄 길어

비를
기다리는 형편에

헤아릴 수나
가늠할 수나 있을까 싶어··

지혜도 아량도
가뭄 깊은 마른날

매듭지을 비를 기다려··
목마르지 않을 날을 기다려··

마주하는 선 하나가

숨 하나를 건넵니다

길을 가다

어느 즈음이 되면
펼쳐두고 담아보려던
바라봄 · 도 놓아두고

꽤나 오래도록
말소리 한 조각 없는
말끔한 방안에

홀로
머무르고
머무르고

또 머물러
맞이하게 되는
열오름이 있습니다

글인 듯
말인 듯
삶인 듯

마주하는
선 하나가
숨 하나를 건넵니다

아주 잠시
마음의 열이 내립니다
다시 길을 갑니다

제 자 리

제 자 리

마땅히
있어야 할 자리

어느 곳에
어느 만큼

어느 깊이와
어느 넓이로
마땅히 있어야 할까요

지금 딛는 자리
지금 담는 눈빛
지금 듣는 소리

마땅히
있어야 할 꽃자리

제 자 리

속 익어가는
여린 걸음
소란 소란
옅은 꽃 소음

스을쩍
고운 향기
흩뿌리며 지나감을
눈 감아주셔요

부단히
제자리
곧고 곧게
디뎌가기를 빌어주셔요

뿌연 마음자리
말끔해지라
걸음소리
사뿐히 옮겨봅니다

기 어 이

뒤죽박죽
살음소리

뒤지고 뒤져
기어이 찾아내어야 할

빛을 품은
한 톨의 아름다움

새벽이 업어다 준
고달픈 소명召命 앓이

소음 다물고
꼬옥 꼬옥 디뎌 새기는

미미한 하루 걸음
그래도 하루 걸음

잊고 둘 일이었다

덜 마른 말의 씨

어느 고달픈 어깨 위에 얹혀져

눅눅한 뿌리를 내린다

미안할 일이다

낮볕 아래

잊고 둘 일이었다

늘 깨어있을

오늘도 맑은 날

차 한 잔으로 맑히는

이른 하루

앉아 맞이하는

고요한 아침

선 자리

걸을 몫

묵묵해야 할

오늘도 맑은 날

연 緣 · 입 니 다

연 緣 2

세상은
저마다의 고유한 이야기들로 가득합니다

한 사람 한 사람의 삶의 몫이 있고
생을 책임지고 겨우겨우 하루를 걷는
귀하디귀한 이야기들이 있습니다

가만히 기울이고
깊이 바라보옴으로
만나지는 세상이 있습니다

그 가슴 안으로 들어가면
들리고 보이고 느껴져
온통 앓디 앓아지는 마음이 있습니다

돌아서지지 않는 걸음이 있습니다
닿고 또 닿아서 읊조리게 되는 말들이
담기게 되는 생각들이 있습니다

그제서야

멀미 품은 기교 속 언어들은
어느 한 켠에
한 줌 어룸으로 자리합니다

연·입니다

생각

서 로 歌

서 로 가 · 함께 부르는 노래

마주하여
비로소
만나게 되는 세상

닿고
닿고
닿아

느리게
느리게
아주 느리게

읊어지고
읽어지는
그 사랑은

이러합니다

맑

며

유유히 바람을 맞으며

처음인 새벽을 딛으며

그득히 새소리 반기며

자연히 미소를 품으며

지긋이 선율에 기대며

넌지시 하늘을 그리며

은은히 눈시울 덥히며

다시금 하루를 오르며

나는 꿈꾸지 않습니다.

길 여기 길을 두고

나는 꿈꾸지 않습니다

아득한
그 어떤 그리움이
두 손 두 팔을
온 힘으로 잡아끌 때

닿을 수도
디딜 수도
없는
길 아닌 어느 길을

나는
꿈꾸지 않습니다

막연한
그 어떤 아련함이
열오름으로
저며들 때

밋밋한 일상
그 하루
찬물 흠뻑 적셔
이마에 올려두고

닿을 수도
딛을 수도
있는
길 여기 길을 두고

나는
꿈꾸지 않습니다

가 리 개

마음자리 휘청거릴 때

앉은자리 작아 보일 때

딛을 자리 흔들거릴 때

걸을 자리 더없이 멀어 보일 때

물을 자리 뿌여니 흐려질 때

그때는‥

조용히

가리개를 내릴 때‥

다시금

안으로 안으로 영글 때‥

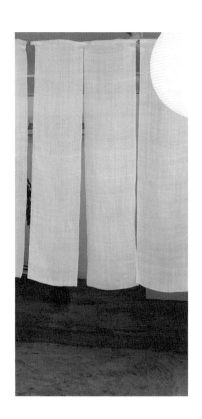

천권

정권습은 점점이 가득고

한 켠

세상 한 켠
사람 한 켠

그 어느 한 켠엔 고통이
그 어느 한 켠엔 평화로움이

참··

아프게 떠오르는
그 어느 한 켠을

지긋이
바라봅니다

겨우 한 줌 바램
띄워봅니다

여*린*존*꿈

겨우 한 조각

넓디넓은 시간 속에
한 조각 즈음의 딛임 · 이면
잘 딛고 갔다 할까 싶다

길고 긴 세월 동안
한 조각 즈음의 기울여봄 · 이면
잘 보고 간다 할까 싶다

겨우 한 조각 즈음
만나고 가는
바람임을

겨우 한 조각 즈음
딛고 가는
미물임을

잊었었나보다

마음의 등불

머 문 자 리

마음의 동굴

아담스런
마음 동굴 하나 즈음
품고 있나요?

어스름 해 질 녘이 되면
제 마음 속 동굴엔
은은한 불빛 하나가 켜진답니다

다사한 하루 이야기를
고즈넉히 품는
탓 없는 어둑하고 고요한 동굴

한 숨 한 숨
풀어놓는 노곤함과 함께 잠이 들면
동굴도 저도 서로를 잊어버립니다

그러다

스물스물
밝아지는 낮빛으로
다시 하루가 다가오면

동굴 속 머문 자리
단정히 살피고
머묾 없이 나설 채비를 해야겠지요?

돌아보는 내가 있어

돌아서는 내가 있어

그리움이 나를 부르면

그리움이
나를 부르면
닿을 내가 있어
기다리는 내가 있어

듣는 마음
딛는 노래
담긴 풍경
놓인 찻잔

마주하고
마주하다 보면
가고 있는 내가 있어
되고 있는 내가 있어

차오름 그득하면
넌지시
부르는 내가 있어
그리는 내가 있어

그리움이
나를 부르면
돌아보는 내가 있어
돌아서는 내가 있어

있 음

수고없이

거저 누리는 풍경

산이 물드는 때

내가 한 일은 무엇이며

맑은 물 흐르는 때

나는 무엇을 도왔는가··

고단한 마음에

언제고

생기 그득 안기는

자연의 있음·앞에

오늘도

마음 숙여질 수밖에 없는

나는

내 몫의 걸음을 기억하고

돌아갑니다

매 듭 글

글을 담는 여정은
산을 오르는 여정과 닮아있습니다.

꼬옥꼬옥 딛고 딛어
어느 즈음에 이르면
어느새 그 큰 산의 속살들과 어우러져
내가 산인지 산이 나인지 잊은 채
그저 자연으로 함께 숨을 쉽니다.

오르는 수고를 다시 겪으면서도
또 다시 산을 찾고
그 속을 누비는 것은
그 이름이 품고 있는 존재들의 생기 때문인 듯합니다.

마른 연못에 나지막이 글이 차오르면
글을 길어 올리고
글씨를 지어 입힙니다.

제 몫 만큼의 수고를 들이고 나면
그다음은 늘 바람의 몫으로 두고
조용히 제자리로 돌아오는 일만 남아있습니다.

삶과 분리될 수 없는 글길을 속속히 느끼며
삶도 글도 길도
더 깊이 익어가기를 바라고 또 바라게 됩니다.

내가 살아왔다
내가 살아간다 하면서도
결코
나 혼자 살아오지 않은
나 혼자 살아갈 수 없는 인생임을
배우고 또 배웁니다.

여정 내내 매번 곁을 내어준
한 분 한 분을 기억합니다.

작년 겨울
고된 몸으로의 여정을 홀연히 매듭짓고
본연의 자리로 돌아가신 아버지

그 옆을 숨이 차오르도록
온 힘을 다하여
정성껏 지켜내신 어머니

삶의 이유이자
물맛 닮은 하루하루를 제 몫의 걸음으로 채우며
서로의 마음에 둥지가 되어주는 소중한 나의 가족

소소한 글길에
늘 따스하고 아름다운 격려를 건네주신
예수성심전교수녀회 베네딕다 수녀님, 데레사 수녀님
그리고 공동체 수녀님들

삶은
제 걸음으로 담대히 걸으며
경험해야 할 신비임을 알게 해 주신 조양 선생님

글씨 여정, 삶의 여정 곳곳에
늘 힘을 실어주신
글씨쓰는이 이산 선생님

책으로 강의로 영상으로 만나며
때마다 무지의 구름을 거두어주신 귀한 선생님들

산이 부르면
같이 산을 오르고
마음이 고프면
같이 길을 걸어준
고마운 산친구 순분이

여전히 안부를 물어주고
조용히 서로를 토닥여주는
든든한 매난국죽 현숙 언니, 미소, 지억이

글씨 이야기, 사는 이야기
덧입지 않은 마음으로
진솔히 나누어 주는 글씨 친구 승혜

가진 것 배운 것 쌓고 가려
욕심껏 제 곳간만 채우기보다
누군가의 목소리로
어딘가의 온기로 자리하는 법을
묵묵히 보여주신 유임봉 선생님과 석지랑 동료들
그리고 가톨릭글씨문화연구회 선생님들

. . .

다 읊어
문자로 담지 못한 귀한 분들을
마음 안에 새겨 담습니다.

시간을 건너뛰고 만날 수 있는 앎이 있을까 싶습니다.

무디어도
무거워도
오롯이 스스로의 시간을 정직하게 딛으며
어제의 무지에서
한 걸음 즈음은 건너간
오늘을 맞이하기를 바라봅니다.

글길이 맺어 줄
결 고운 인연들

글길이 내어 줄
바람의 이야기들

연緣이 되어
여백 있는 마음자리에 곱게 닿으면

서로의 꽃자리에
맑은 숨이 되고 편안한 쉼이 되어 자리하기를 소원합니다.

매듭글을 드리며